잡초연가

꽃밭에, 미운 잡초, 들에 꽃 피면, 아름다운 들꽃

잡초연가

림계린 민조시집
김려원 글, 그림

바른북스

시집《잡초연가》의 향연

정호완

▲ 정호완 시인님

| 민조시인 아호 갑내
| 《시조문학》으로 등단
| 한국문인협회 행복문학 평생회원
| 시조집《올 날이 아름답다》
| 민조시집《삼국유사의 꿈》

　잡초꽃, 그 향 내음을 따라서 벌 나비들이 날아든다. 때로
는 자그만 개미들이 꽃에서 꽃으로 사랑을 실어 나른다. 이
름하여 잡초. 우리들의 삶과 길이 있는 것처럼, 저네들은 저
네들대로 나그네의 길을 걷다 흙으로 돌아가 부활의 봄을
꿈꾼다. 하늘의 섭리를 따라서.

　바랭이나 쇠비름 같은 잡초들은 아무 데서나 하늘 뜻에
따라서 피었다 진다. 마당 가나 밭에 잡초가 살라치면 모두
다 뽑아버린다. 그렇다고 쉬이 다 사라지는 것도 아니다. 햇

볕에 거의 말라 죽은 것 같다 싶어도, 그 혹심한 가물에도 쇠비름은 되살아나 꽃을 피운다. 작고 노란 얼굴로, 하늘과 땅의 축복에 팔을 벌려 고맙다는 몸짓을 한다.

꿈을 꾸는 치악산, 살구꽃 피는 마을이 눈에 선하다. 노을이 아름다운 살구 마을에서 잡초와 대화하는 시인의 모습도 그려진다. 시인은 꿈속에서 이백과 대화를 하며 호연지기를 나누기도 한다. 평생의 길벗으로 만나서 먼저 길 떠난 운곡을 그리워하기도 하고, 손주들의 이야기며 이백에 관련한 이야기를 주고받는 등 소담스러운 시 꽃들이 계린 시인의 글 밭에 가득 피어 있다.

시인의 함축적인 시구 행간에서 희로애락의 고달팠던 삶의 무게도 읽을 수 있다. 그러나 시인은 상실의 슬픔과 고난을 승화시켜, 저녁 산기슭을 감도는 노을 구름 같은, 시냇물 흐르는 영성이 어린 도원의 시 세계를 보여주고 있다. 그것도 전통 시조의 단장이라 할 새로운 장르인 민조시의 향연이랄까. 민조시 마당을 열었다. 치악 영봉에서 흘러내리는 샘물에 몸 씻는 도라지꽃의 청초한 그 얼굴에 이심전심의 미소를 띠고 있다.

살구꽃 피는 구름 골 언덕에 돌돌 흐르는 냇물 소리로 아름다운 시인의 마을이 될 것을 기대해 본다. 시집《잡초연가》의 상재에 한 아름 꽃다발을 보내고 싶다.

물새 우는 강가에서
갑내 정호완 쓰다

자연과 하나 되는 모습을
보여주는 시인

려도행

| 중학교 국어교사로 근무
| 단국대, 한라대 국어 강사 역임
| 월간《조선문학》등단
| 시집《서툰 인생의 끝에는》

▲ 려도행 시인님

　시가 아름다울 수 있는 건 별다른 소재를 써서가 아니다. 또한 새롭고 희한한 주제라야 하는 건 더욱더 아니다. 훌륭한 시의 소재와 주제는 바로 우리 곁에 있는 것, 우리가 겪는 평범한 일상이고 그에서 얻는 희로애락이다.

　우리 곁에 늘 있으면서 은혜를 베푸는 자연이야말로 최고의 소재이며 주제가 아닐까? 그 자연을 노래하는 시인들은 많다. 그중 가장 가까운 곳에서 자연과 하나 되는 모습을 자주 보여준 시인이 있다.

림계린 시인은 자연을 사랑하고 그 속에서 뒹굴며 때론 혹독한 시련에 지치고 힘들어하기도 한다. 그야말로 '애증의 갈등' 속에서 '줄기찬 생명력'을 발휘한다. 그러면서 품어내는 시인의 시를 보면 경외감으로 가득 찬다.

인생은 변화무쌍한 자연과 같다. 따뜻한 봄볕도 있지만 세찬 비바람도 있고 눈보라가 몰아치기도 한다. 풍성한 수확으로 기쁨 가득한 날을 위해선 수많은 날 잡초와의 전쟁을 치러야 한다. 시인은 그런 날을 받아들일 단단한 마음의 준비가 되어 있음을 보여준다.

잡초란
이름으로
영광 있으리
애증의 갈등 속
줄기찬 생명력

〈잡초 24〉

힘듦을 힘듦으로 말하지 않는다. 슬픔을 굳이 눈물로 나

타내지 않는다. 자연이 하듯 자연스럽게 자연에 동화되는
마음을 시에 담는다.

　　　이 한 생
　　　끝나면
　　　흙이 되고
　　　바람 되어
　　　천 년을 도는
　　　우주 공간에
　　　영원히 살아서
　　　뭇 영혼 만날까

〈잡초 27〉

　시를 읽으며 겸허한 마음으로 자연과 하나가 될 기회를
갖게 해주심에 감사드리며 시인의 시집 출간을 진심으로
축하드린다.

　　　　　　　　　2024년 5월 화창한 봄날에

글쓰기를 좋아했던 소녀,
시집을 내기까지

원고지에 글을 쓰는 것이 왜 그리 좋았을까!

초등학교 5학년 때에 고의재 선생님 지도로 학급신문 《때까치》를 만들 때부터였던 것 같다. 원고지 쓰는 법을 배워 글을 쓰기 시작한 것은. 선생님과 가까이 있을 수 있고 선생님 칭찬을 듣는 것이 좋아서, 시키시는 대로 열심히 원고지에 이것저것 썼었다. 당시 인쇄소에서는 원고지에 쓴 글을 보며 식자를 하여 판을 짜서 인쇄하던 시절이었으니 꼭 원고지에 써야 했다.

내가 중·고등학생이었던 70년대에는 기관이나 단체에서 홍보성 글짓기 대회를 많이 개최하였다. 학교 대표로 참석하여 입상하면 대개 10권 내지 20권의 공책을 상품으로 주었다. 학교 사정에 의해 학교 예선을 실시하지 않는 경우, 국어 선생님께선 바로 내게 쓰도록 시키셨다. 그래서 나는 중·고등학교 시절 공책을 사본 적이 없었다. 수요일과 토요

일, 운동장 조회 때에 자주 호명되어 상을 받으러 나가는 일이 즐거웠고 그래서 원고지 쓰는 일이 더욱 즐거웠다.

고등학교 2학년 때 한영우 선생님 지도로 9명이 모여 만든 독서클럽에서 《돌배》라는 문집을 두 차례 만들었다. 친구들이 원고지에 쓴 문학 작품을 내가 직접 필경판(줄판) 위에 등사원지를 놓고 긁어 써서 등사기로 한 장 한 장 잉크를 묻혀가며 인쇄하였다. 100페이지의 책을 100권이나 만들었으니 지금 생각해도 대단한 일이다. 각 학교(고등학교)는 물론, 관공서에 직접 돌리러 다녔다. 나는 《돌배》 창간호에 〈남극의 이야기〉라는 긴 시를 투고하였고, 《돌배》 2호에는 〈일요일의 사생〉이라는 소설을 실었다.

대학에 진학하여서는 '수요문학회'에 가입하여 활동하였다. 대단한 선배들을 만나 고무되어 문학 작품 창작에 대한 의욕은 강했지만 정작 작품다운 작품은 써지지 않았다. 글 재주가 미흡한 탓도 있었겠지만, 하고 싶은 일(동아리 활동)이 너무 많았던 탓이리라. 극단 '상황'에 가입하여 〈금관의 예수〉 공연 때에는 조명을 맡았고, 〈만선〉 공연 때에는 주인공 역을 해냈다. 또, 대학방송국 프로듀서가 되어 음반 정리와 방송 원고 쓰는 일도 매일 열심히 해냈다. 교지 편집에도 참여하였다. 4학년 때에는 편집장으로서 조재훈 지도 교수님께 직접 책 만드는 전 과정을 배우며 원고지와 씨름을 하였다.

대학 3학년 때, 조재훈 교수님의 권유로 중국어를 배우기 시작하였다. 지도교수님은 북경대에서 수학하신 박성록 교수님이셨다. 아침마다 서울대 송재록 교수의 중국어 강좌 방송을 들으며 공부하였다. 마침 대만으로 유학을 떠나는 선배를 만난 후, 대만 유학을 꿈꾸게 되었다. 구체적으로 중국 시문학, 그중에서도 이태백 시를 배우고 싶다는 방향이 정해졌다. 중어중문학과를 전공한 것도 아닌데 어쨌든 마음은 그곳을 향하고 있었다.

한시를 처음 접한 것은 초등학교 4학년 때, 시골 할머니 댁 안방 선반에 있던 《한국 야담 설화집》(책 표지 제목은 정확하지 않을 수 있지만 설화집이라는 것은 분명하다) 세 권을 읽을 때였다. 특히 《최고운전》에서 재치 있는 시를 주고받는 장면이 재미있었다. 이때부터 누가 시켜서가 아니라 스스로 한자 공부를 시작하였던 것 같다. 이태백이라는 중국 시인에 대해서는 서너 살 때부터 할머니께서 가르쳐 주신 노래, "달아 달아 밝은 달아 이태백이 놀던 달아….."를 배우며 알게 되었다. 이태백이 달을 무척 좋아해서, 물에 비친 달을 건지려고 물에 뛰어들어 죽었다는 이야기는 신비롭기도 하고 무척 낭만적으로 들렸다. 어렸을 때 이미 이태백에 대해 호감을 가지게 되었고, 대학 졸업을 앞두고 그의 시를 배워 보고 싶은 마음이 생긴 것이다.

대학 졸업 후 곧 유학시험에 합격하여 열망하던 유학의

길에 올랐다. 헤어 나올 수 없는 한문의 늪에 즐거이 걸어 들어갔던 것이다. 한문의 늪에 빠진 후에 '시'는 학습과 연구의 대상이었을 뿐 낭만적인 문학 작품이 아니었다. 대만 유학 시절, 현실적 생활고와 학문적 어려움으로 많이 힘들었지만, 싫다거나 그만두어야겠다는 생각은 하지 않았다. 참으로 지난한 길에 젊음을 바쳤다. 그렇게 학습과 연구에 가장 심혈을 기울인 이백의 시를 만분의 일도 체득하지 못하였지만, 어느 시점에 이백의 광활한 시 세계와 곡진한 인간사랑과 자연사랑을 표현한 시문들에 감동을 받고, 이백과 그의 시를 사랑하게 되었다. 그리고 언젠가는 내 안의 순수한 감정과 대상에 대한 솔직한 느낌을 시로 써보고 싶다는 열망이 일었다.

교직에서 은퇴한 후 모든 것을 내려놓고 자연 속에서 자유롭게 지내면서 온갖 사물은 내 안에 다시 태어났다. 다시 원고지에 글쓰기를 하고 싶어졌다. 그리고 민조시를 만나 드디어 말문이 트인 양, 서툴지만 내 언어로 시라는 것을 쓰기 시작하였다. 정호완 시인님께서 북돋워 주심에 힘입어 민조시로 등단도 하고, 행복문학에 계속 투고하며, 용기백배하여 드디어 시집을 낼 결심까지 하게 되었다.

시집을 내도록 등 떠밀어 준 사람이 또 있다. 손녀 김려원이다. 그림을 잘 그리고 시도 좋아하며, 하고 싶은 것도 많고 잘하는 것도 많은 초등학교 3학년 학생이다. 내가 컴퓨

터 앞에 앉으면, 늘 옆에서 참견하면서 할머니도 시집을 내면 좋겠다고 했다. 함께하자고 했더니, 자신의 그림들과 시 습작들을 넘겨주며 눈빛을 반짝였다.

《잡초연가》라는 표제는 〈잡초연시〉 37수를 보시고 정호완 시인님께서 제안해 주셨다. "우리 모두 잡초 아니냐."라는 말씀에 바로 동의하고 시집 제목으로 정했다. '잡초연가'는 낮은 자세로 굳건하고 청청하게 살아가는 민초들에 대한 응원가 혹은 사랑가이다. 우연히 이 시집을 만난 독자들이 그렇게 읽어주시면 감사하겠다. 앞으로 '잡초연가'는 계속될 것이다. 이 생명 다하는 그날까지.

"지금의 저를 있게 해주신 고의재 선생님, 한영우 선생님, 조재훈 교수님! 감사합니다. 그리고 언제나 믿고 응원하고 도와주신 부모님, 구수한 옛날얘기로 저를 키워주신 조부모님! 감사합니다."

그리고 시집이 나오도록 격려해 주시고 축하의 글을 써주신 정호완 시인님, 려도행 시인님께 감사드리며 편집하여 엮어주신 바른북스에도 깊이 감사드린다.

2024년 오월의 꽃밭머리길에서

목차

제1부

시가 되는 삶을 꿈꾸다

제2부

우리 함께 꽃길만 걷자

― 손녀와 함께 꽃길을 꿈꾸며 도란도란
　엮어가는 시화첩

제1부

시가 되는
삶을 꿈꾸다

민조시를 만나고 나서, 시가 되는 삶을 꿈꾸게 되었다. 나는 나의 삶을 매일 물에 헹구고, 납작 눌러 압축하고, 햇빛에 걸어 바람에 말리며, 오래 바라보게 되었다. 간결하고 투명하며 선명하게 머릿속에 맴도는 느낌들과 상념들만을 적절한 시어로 나타내려고 애를 쓰지만, 쉽지 않아서 늘 부족함을 느끼며 다듬고 또 다듬는다. 나의 삶을 다듬는 작업이기도 하다.

민조시를 창안하신 신세훈 님께 감사드린다. 그리고 민조시를 만나게 해주시고 늘 가르쳐 주시는 정호완 님께 감사드린다.

▲ 삶을 다듬으며 잡초와 대화하는 삶터, 치악산장

민조시를 만나다

온 세상
물에 헹궈
햇빛에 널고
바람에 말리며
오래 바라보네

** 민조시는 우리 민족의 전통적 리듬과 우리말의 운율을 잘 살리는 새
로운 정형시이다. 3ㆍ4ㆍ5ㆍ6의 글자 수에 맞추되 각 글자 수를 반
복할 수 있다. 시조에서보다 표현이 자유롭다. 민조시에 삶과 자연
을 담기 위해서는 늘 삶을 맑게 헹궈야 하고 응축시켜야 하고 투명
하게 말려야 할 것 같고…. 그렇게 하면 드디어 삶이 시가 될 수 있을
것 같다. **

민조시의 미학

온 누리
납작 눌러
하늘에 걸고
한 눈으로 보기

세상사
물에 헹궈
햇빛에 널고
속살 바라보기

풍정도
다져 담아
해, 달, 별 비춰
내 가슴 채우기

민조시의 하루

창문에
해 밝기가
시어를 불러
하늘 가득 널어

바람에
맑게 씻겨
투명해진 얼
종일 그리던 꿈

별처럼
밤하늘에
수를 놓으면
꿈속에 춤추네

민조시로 편지를 쓰다

- 휴대전화로 짧은 편지를 쓰는 이 시대에는

잘 있나
난 잘 있어
네 맘 내 맘을
하늘에 펼치자

짧은 글
마음 담아
하늘에 쏘면
내 하늘, 네 하늘

한 하늘
이고 사는
우리 모두는
언제나 통하지

** 요즘엔 휴대 전화로 주고받는 짧은 문자메시지가 옛날에 절절한 마음으로 썼던 긴 편지를 대신한다. 언제 어디서나 서로를 만나 얘기하듯 하늘로 쏘아 올리는 짧은 편지는 민조시를 쓰듯 함축적인 언어로 쓰는 것이 좋겠다. **

잡초연시

잡초 1

눈 흘겨
얻은 이름
작게 웃어도
널리 퍼진다
흘밋흘밋 기어
땅따먹기 고수

잡초 2

잡초란
이름이야
사람들의 것
내 것이 아니야

푸른 꿈
뿌리 내려
흙이 즐거운
향기로운 목숨

잡초 3

황무지
지키려는
푸른 꿈으로
받아들인 이름
가끔은 서럽지

잡초 4

얼굴이
다른 우리
한통속으로
뭉쳐도 제각기
이름은 지키지

잡초란
이름으로
삶터는 넓고
이름은 같으니
한 울에 한 사랑

잡초 5

너와 나
살 부비며
삶을 사랑해
미워도 엉키며
애증의 한평생

잡초 6

망국초
봄 길 열고
바랭이 비름
배시시 웃는다

오월 잡초 맞이

잡초 7

바랭이
가을 모습
승리의 깃발
무수한 씨앗을
땅에 흩뿌리네

잡초 8

바람에
실어 보낸
뜻이야 알지
널리 멀리 실히
봄꿈도 여물지

잡초 9

개망초
뿌리 깊어
눈 속에서
죽은 듯이
얼어 살다가
봄에 가장 먼저
튼실한 싹 트네

잡초 10

참새가
겨우 내내
쪼아 먹어도
흙이 반 씨앗 반
야무진 생명력

잡초 11

흙 마당

비질하고
소금 뿌려도
배실배실 싹터
시나브로 사네

잡초 12

행복은
삶에 있지
작게 살아도
꽃피고 씨 맺어
봄 꿈을 꾼다면

잡초 13

한여름
뙤약볕에
무성할 때엔
불타는 열정과
희열의 전율뿐

잡초 14

가을날
바람 차니
꽃 진 자리에
씨앗이 여물어
흙에 돌아가네

잡초 15

겨울날
눈보라 속
아득한 봄날
기도 속 기다림
흙 속에 묻히니…

잡초16

봄바람
흙먼지에

날아가 앉은
그 자리가 여기
뿌리 내릴 삶터

잡초17

흙 속에
부푼 가슴
누가 뭐래도
난 행복할 테야
푸르게 푸르게

잡초18

이름이
잡초라는
우리 설 자리
뿌리째 뽑아내
버린 자리 여기

잡초 19

흙의 꿈
남모르게
흘린 눈물이
별빛 씨를 맺어
흙 속에 묻히네

잡초 20

생명에
꽃단장은
필요가 없지
초록 옷 걸치고
사랑에 살면 돼

잡초 21

옛날엔
어린애

개똥이라
불러주며
세상 풍파에
온갖 병 이겨
장히 살아남길
부모는 바랐지

잡초라
부르면
무던하게
더 푸르게
거름 없이도
돌봄 없어도
산과 들에 퍼져
길이 살아남지

잡초 22

밭에서
얻은 이름
미움의 잡초
들에 떼로 피면
아름다운 들꽃

▲ 전영란 사진

잡초 23

장미가
바람으로
빨간 꽃 피워
화단에 앉아서
뭇 시선 받으며
뭇 가슴 훔치나

잡초도
원하여서
곳곳에 앉아
때로는 뽑히고
서럽게 밟히며
더 넓게 퍼지나

잡초 24

잡초란
이름으로
영광 있으리

애증의 갈등 속
줄기찬 생명력

잡초 25

눈 내린
겨울 들판
뜨거운 승부
멈추고 휴식 중
지하에선 암투

잡초 26

칡 순을
놔두면
길도 덮고
밭도 덮고
무서운 의지
빠른 속도로
송백 감아 올라

고사목 만들지

잡초 27

이 한 생
끝나면
흙이 되고
바람 되어
천 년을 도는
우주 공간에
영원히 살아서
뭇 영혼 만날까

잡초 28

먹으면
약이 되는
잡초 나물이
바구니에 담겨
저자에 팔리네

씀바귀
고들빼기
달래와 냉이
참비름 쇠비름
명아주 민들레

먹어본
사람만이
느낄 수 있지
봄의 정령 불러
넘치는 생명력

잡초 29

쇠비름
같은 사람

겸허하게
몸은 낮추고

선한 의지로
부지런히 살아

삶의 귀감 되어
내 가슴에 사네

** 타인으로부터 '쇠비름 같은 사람'이라는 말을 들으면 화가 날 법도
한데, 개의치 않으며 반박이나 비난도 하지 않고, 오로지 자신의 삶
에만 충실하던 사람이 있었다. 쇠비름의 끈질긴 생명력을 덕목으로
생각하니, 그 어른의 말은 덕담이었다. 늦깎이로 학계에 발을 붙인
탓도 있었지만, 사회적 처세가 원만하지 않아서 들은 덕 아닌 덕담
일 것이다. 오로지 자신의 삶에만 충실할 뿐, 남 탓하는 일 본 적 없
고, 남의 흉을 보는 것도 보지 못했으니 본받을 만하다고 생각한다.**

잡초 30

화려한
장미가
잡초에게
비웃으며
꿈이 무어니
웃을 줄 아니

잡초 대답하길
내 꿈은 사는 것
푸지게 웃으며
초록 세상 펴고
흙으로 돌아가
이렇게 저렇게
환생 거듭하다
태고적 바람에
섞여 돌고 돌며
우주로 가는 것

잡초 31

쇠뜨기
사는 법
검은 뿌리
땅속 깊이
벋어가면서
햇빛 느끼면
새싹 밀어 올려
깊은 뿌리 살지

잡초 32

풀 향기
나를 불러
치악산 기슭
꽃밭머리에
눌러 앉혔네
잡초와 대화는
계곡물과 함께
흐르고 흐르며

삶터를 적시네

잡초 33

한때는
글 밭에서
책상에 앉아
밤낮 느끼던
정신적 고양감

지금은
잡초밭에
호미 들고서
밤낮 즐기는
흙 향기, 풀 향기

잡초 34

잡초가
만만한가

진딧물 많은
장미꽃보다

바랭이 쇠뜨기
벌레도 피한다

잡초 35

하 많은
이름 두고
잡초라니
잡놈이라니

귀한 생명력
부르는 이름은
귀초라 해야지

귀찮은 풀이니
귀풀이라 할까

소 먹일 때에는
꼴이라 부르네

잡초 36

풀잎은
잘도 눕지
바람에 쓸려
혹은 짓밟혀

납작 엎드렸다
부스스 일어나
말짱한 얼굴로
바람과 춤추지

잡초 37

저 논둑
잡초 아님
누가 지키나

정겨운 풍경

도랑물길 따라

드나드는 하늘

▲ 전영란 사진

가갸날

한글로
입도 열고
마음도 열고
눈도 밝혀 주네

오묘한
뜻과 심상
글이란 등불
세상이 환하네

세월이
휘돌아와
글로 남긴 뜻
영원히 기리리

** 한글날에 아름다운 한글을 창제하신 세종대왕님의 뜻을 기리며. **

바닷물의 여름

세상사
모두 벗고
가슴도 열고
바닷물 속에서
하늘 함께 놀다

** 공현진 앞바다는 힘이 넘치는 파도로 사람을 흔들어 대었다. 잠시나
  마 하늘과 함께 바다에서 놀았다. **

노을

치악산
기슭에
노을 질 때
즈믄 햇 오간
고운 꽃 그림을
그 누가 그렸나

한낮의
눈 시린
푸른 하늘
붉게 칠하며
밤하늘 기다려
별 하나 토하네

살구 마을

내 고향

치악산
아랫마을

가로수는
살구나무

달빛 받으며
살구꽃 피고

눈부신 햇살
살구 익히면

노랗게 떨어진
살구 길이 되지

** 원주시 행구동(杏邱洞, 살구둑 마을)에선 햇살이 유난히 따뜻하게 느껴진다. 봄이 오면 분홍 살구꽃이 핀 검은 살구나무 가지들이 길가 양쪽에 늘어선 모습이 마치 분홍 저고리에 깜장 치마를 입은 아가씨들이 줄지어 선 모습 같다. 초여름이 되면 노랗게 익은 살구가 수북이 떨어진다. 잘 익은 것을 주워 먹기도 하지만, 다량으로 주워서 잼을 만드는 사람도 있고, 살구씨 베개를 만들기 위해 줍는 사람들도 있다. **

하늘 이야기

하늘은
너른 세상
푸르고 푸른
사람 세상 담아

오늘도
그 어제도
내일 올 날도
모두 비춰 주네

하늘은
깊디깊은
사람 맘속에
맑디맑은 거울

봄맞이 비(迎春雨)

입춘이
낼모렌데
기다리다가
봄을 알리는 비

겨우내
꿈꾸었지
개구리의 꿈
생명의 용틀임

봄기운
움터오는
아린 들녘엔
봄 꿈 비에 젖네

가을에

가을엔
바람 부네
메마른 영혼
갈대 서걱이네

가거라
꽃바람은
한세상 살다
한 점 구름인가

혼자서
늘 두려운
나목의 해탈
밝은 달 지는데

▲ 김려원 그림

노을이 아름다워

치악산
꽃밭머리
살구둑 마을

노을 아름다워
시인이 된다네

마음은
꿈에 젖어
글 밭 이루고

자연을 숨 쉬며
인생을 그리네

일상의
해가 지고
어두워지면

꿈길로 이끄는
별꽃이 핀다네

바람 맛, 겨울 맛

치악산
눈밭 위로
부는 바람
오래 잊었던
고향의 바람 맛

고둔골
빙판 위로
찬 바람 불면
겨울바람 향기

청량한
맘과 몸이
다시 찾은
고향의 냄새
바람 맛, 겨울 맛

눈물의 미학

난 요즘
좋을수록
눈물이 난다
함께 못 하기에

오늘은
내 눈물의
의미에 대해
생각 좀 해야지

믿건대
내 눈물이
뼈를 씻으면
수정 같은 영혼

눈물의
의미 뿌려

새싹 키우리
함께한 꿈길에

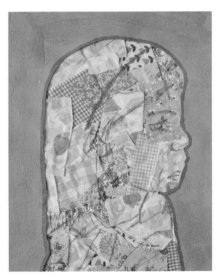

▲ 김려원 그림

첫눈을 맞으며

치악산
꽃밭머리
눈이 내리네
마음에 내리네

예처럼
하얀 꿈에
설레는 가슴
다시 타는 사랑

물안개 추억

물안개
아슴아슴
기억 저편
세월을 불러
어루만지네
돌아온 바람과
강나루 옛길을

수초들
수런수런
깊은 맘속
그리움 불러
피워 올리네
시간도 비껴간
느꺼운 여름에

▲ 전영란 사진

그 산에 살으리랏다

그 산에
살고 싶다
내 꿈 살고
산안개 흐르고
야호, 야호, 야호

아침에
·해 토하고
저녁놀 곱게
내 맘 감싸 안고
호호홍 호호홍

그 산에
가고 싶다
함께 돌아가
작은 무덤 되고
하아아 하아아

산중문답

메아리
그리움이
웃음이 된 날
청산에 안겼네

어어어
왜 사나
후후후후
그냥 그냥
하하하하하
그래 그래서
흐흐흐흐흐흐
마냥 좋아 산이

복사꽃
흘러가니
아득한 속세
別有天地라네

이태백 1

산 베고
하늘 덮고
비류 폭포에
발 담그고 하아!

내 사랑
이태백
天下周遊
고된 생애
오랜 꿈 살아
내 안에 살아
청산에 살어리
靑史에 살어리

뜻 기려
길벗 하니
곡진한 사랑
연가도 끝없지

이태백 2

삶이란
사랑이야
산 사랑으로
높이 날아라
검각산 올라라
애증 불살라라

곡진한
사람 사랑
선혈을 풀어
시문에 담아
태평성대 쓰니
산 높고 골 깊어

** "달아 달아 밝은 달아 이태백이 놀던 달아….." 어렸을 때 할머니께서
부르시는 노래를 따라 부르면서 이태백을 좋아하게 되었다. 달을 좋

아하여 물속에 비친 달을 건지려다 물에 빠져 죽었다는 할머니의 이야기도 참으로 낭만적으로 들렸다. 대학생이 되어 이백의 시를 읽게 되었을 때, 이백의 시에 나오는 장풍(長風)이 어떤 바람인가를 알기 위해 중국 유학을 결심하게 되었다. 그리고 이백 시와 한국 이규보 시의 비교 연구로 박사학위까지 받게 되었다. **

밭이랑 1

밭이랑
골골이
씨앗 뿌려
마음 심고
지난 세월도
못 이룬 꿈도
거름으로 묻고
새로 펴는 삶터

춘심(春心)

밭고랑
사이사이
심어둔 마음
새싹의 열망도
햇살에 눈뜨네

산중 담화

버들꽃
송화 날려
바람 타고서
앉을 자리 찾네
내 맘에도 앉고

꽃들의
이쁜 몸짓
내게 하는 말
사랑 찾고 있지
올 날을 꿈꾸며

장맛비

하늘 뜻
장맛비

물의 힘이

애써 만든
내 밭고랑을
망가뜨리니

내 힘 다시 심어
내 뜻 새로 살고
농심이 여무네

어떤 부고

어제의
환한 웃음
선물로 주고
돌아가셨구나!

왜 그리
넉넉하게
웃은 것인지
그리움 더하네!

어머니 웃음

웃음은
마음의 꽃
안식의 향기
환히 밝히는
어머니의 사랑

사랑은
인고의 끝
열매를 맺은
아픔의 웃음은
꽃보다 고와라

** 새벽 3시 26분에 잠을 깨니 밖에 빗소리 요란하다. 한 시간을 빗소리 들으며 상념에 잠기다가 새벽잠을 잠깐 자고 일어나 밭에 나가 배회하였다. 점심때에는 어머니 모시고 매화연에서 메밀 옹심이 칼국수와 감자전을 먹었다. 오후 내내 보슬비가 내려서 농사일을 접고, 어머니를 산장에 모시고 올라와 앵두 · 오디 · 산딸기 · 보리수를 따서 먹으며 어머니와 함께 비 오는 날의 정취를 즐겼다. **

▲ 전영란 사진

폭우

무섭게
밤새도록
퍼붓는 비로
온 산이 울었다
후우욱 후우욱

어둠 속
물이 달려
마을 휘돌아
들로 흘러갔다
쏴아아 쏴아아

깨어서
빗소리에
가슴을 열고
기도로 지샜다
아아멘 아아멘

벚꽃 바람 1

연분홍
벚꽃 바람
꿈길을 날아
가슴 채우네
봄날에 봄 나래

벚꽃 바람 2

연분홍 하이얀
벚꽃 바람, 축복같이
내리는 혼아
봄날에 날아라

다정한 누구는
꽃비라고 가슴 열고
그리움 앉힌
하얀 그네 의자
봄날에, 봄 나래
영혼아 날아라

울 엄니

올해도
마당 밭에
고구마 심고
세월 고르시네

결 고운
시간 갈피
푸성귀 가득
밥상 차리시네

기도의
새벽 시간
세상을 깨워
새날 안기시네

** 어머니께서는 일흔일곱까지 텃밭을 가꾸셨다. 아침 일찍 일어나셔서 운동도 하시고 TV를 보시고 식사 준비를 하시고 아침 식사를 마치시면, 아파트로 이사하신 후엔 빈집이 된 단독 주택의 텃밭으로 출근하셨다. 부지런히 일상을 챙기셔서 집안은 단정하고 깨끗하고 안락하였다. 항상 화장도 곱게 하셔서 예쁜 할머니로 불리셨다. **

바람의 공감

바람의 존재감은
느끼는 이의
자유로운 방황

내 맘도 바람이라
공감해 주는
그 누구의 열망

그 여름 우레

먼 우레
근심에 오래 울고
먹구름 속에
마른번개 치고

칡 순이
물 찾아 손짓하니
농심에 답하여
먼지 잼 지나고

** 비는 내리지 않고 검은 천둥소리가 무섭게 가슴에 울리고, 검은 구름
이 계곡에 가득 차서 자연에 대한 두려움을 느끼게 하였다. **

파종기

늦봄 낮
뻐꾹 뻐꾹

씨 뿌리라
마음 심으라

메아리 삼킨
감감한 밭고랑

** 눈부신 햇살 부서져 내리는 늦봄 한낮, 밭고랑에서 일하다 보면, 맘
도 몸도, 감감한 밭고랑에 잠깁니다…. **

공현진을 떠나며

바다 위
더운 가슴
삼킨 얘기가
너울 파도 타고
바람은 가잔다

** 파도와 태양과 구름과 바람과 함께 했던 공현진의 여름. 오봉산에서
불어내리는 밤바람은 꿈도 씻어내려 꿈 한 자락 꾸지 않았고, 한낮의
따가운 햇볕은 어수선한 머릿속을 말리고 비워 잡념도 없었다. **

▲ 김려원 그림

동해안 7번 국도

휘파람
밤낮 불며
손님맞이

비 오는 날엔
눈물로 씻으며
낮은 울음소리…

** 동해안 7번 국도변에 자리 잡은 공현진 오마주 펜션. 여름철 피서객
들의 달리는 차들은 경쾌히도 달렸다. 도로에 가까운 내가 머물던 숙
소에서 들리는 차 소리는 휘파람 소리 같았다. 밤낮없이 휘파람을 불
어대다가 비가 오는 날이면 좀 조용해지고 질펀히 눈물을 쏟는 것이
었다. 비 오는 날이면 차도 뜸해지고 저속으로 달리기 때문에 훌쩍훌
쩍 낮은 울음소리처럼 들렸다. **

김치 담그기 1

마늘을
울며 찧고
음악을 뿌려
일상을 간 보며
행복을 절인다

눈물을
솔솔 뿌려
사랑을 재워
마음 훨씬 차게
생활을 담는다

김치 담그기 2

파 마늘
매운 향기
마음속 눈물
추억도 뿌려
기도를 담는다
사랑을 담는다

** 프란치스코 교황님이 한국에 오셔서 대전에서 성모승천대축일 미사
를 집전하시고 광화문에서 124인 시복식 미사를 집전하셨다. 눈물
로 지켜보았다. 성인들의 기도로 평화로운 세상이 되었으면…. **

오월 하늘

송화가
축복처럼
내 맘에 내려
노란 바람 부니
빛 가득 향 가득
함께 내린 은혜

어버이
형제자매
마음의 스승
하늘이 맺어준
귀한 인연 기려
꿈 가득 정 가득

나그네 산마을에서 길을 잃고

강원도
첩첩산중
연무 가득한
산마을 옛 자취

산발치
흐드러진
망초꽃 향에
취하는 나그네

산길을
휘어 덮은
칡 순 손짓에
발길을 멈추네

** 산짐승과 산사람들의 발길이 만든 좁다란 산길을 무성한 칡넝쿨이 휘어 덮고, 흐드러진 망초꽃 향기는 나그네를 취하게 한다. 강원도 산속에 살던 사람들의 옛 자취는 무성한 나무숲에 덮여 그냥 자연이 된다. **

보리 심고

콩 꺾고
보리 심고
아홉 이랑 밭
가을 꿈 여물고

** 콩을 꺾고 보리 심기를 마쳤다. 하얀 눈 내리는 푸른 보리밭을 그리
며, 아프게 허리를 폈다. 너무 늦게 심었지만 보리 싹이 잘 나기를 기
다린다. **

▲ 전영란 사진

無題

泥塗是
現實世界
讓蓮花滿開
還要更使腐瀾

무제

현실은
늘 진흙탕
한 송이 연꽃
피우려 더 썩지

初雪

天空滿
先氷起來
心情也凍
白色氷粉下
變柔軟的被子
讓人間享喜悅

첫눈

하늘이
먼저 얼고
마음도 얼 때
얼음 가루가
포근히 내리니
마음도 포근해

알밤을 주우며

햇살이
익혀 감춘
실한 밤톨은
가슴을 헤치고

알알이
기쁨, 행복
지상에 내려
내게 나눠 주네

** 알밤을 줍는 기쁨은 무엇에 비길 수가 있을까! 그렇게 기쁨과 행복을
주워 담으며 나를 들여다보았다. 가슴 속에 행복과 기쁨이 가득한 사
람은 자신도 모르게 남에게 베풀게 되는 것처럼 알밤은 나에게 기쁨
과 행복을 베풀고 있었다. **

撿栗子果

陽光下
成熟的栗
隱藏着幸福
但已打開過胸
不勝喜悅而賜

** 把撿栗子的時候會覺的喜悅跟哪種感情可以比一比？清晨撿着栗子
果,便我窺視我自己. 像心里充滿喜悅和幸福的人, 無意中會施放它,
成熟的大栗子就給我無限的喜悅和幸福…. **

보름달

부푼 꿈
환한 얼굴

그 임의 웃음
너무 먼 소리

하늘 높이 보낸
눈썹 맺힌 기도

밤새워
창에 내려

꿈길 달리어
부르는 손길

겨우 잠이 들어
달빛 물든 가슴

자나 깨나 사아랑

해오름
꽃이 피네
가슴을 열고
싸아랑 싸아랑

해거름
꽃이 지네
가슴에 묻고
사아랑 사아랑

산, 산, 산

산, 산, 산
저 산에는
누가 사는고
어떻게 사는고

저 산에
무슨 꽃이
어떤 사람이
애기를 엮는지

발치는
사람들에
삶터로 주고
하늘 향한 산정

첩첩이
구름 속에
나래 펼치어
꿈을 키워 가네

＊＊ 자동차를 운전하면서 고속도로를 달리면 산과 함께 날아가는 것 같다. 산발치마다 오랜 세월을 거쳐 가꾸어진 마을에 사람들의 삶이 평화롭게 펼쳐진다. 가까이서 보면 엄청 요란할 사람들의 삶의 모습도 멀리서 보면 한 폭의 그림 같다. ＊＊

▲ 김혜옥 그림

꿈길

늘 푸른
마음 밭에
세상 그리며
그에게 가는 길
꿈길은 끝없고

한마음
기인 꿈길
곤한 몸과 맘
달래고 힘을 줄
뭇별 스친 바람

한세상
함께라서
정겨운 얘기
늘 그리는 꿈길
꿈길의 그 바람

내 고향

치악산
꽃밭머리
살구둑 마을
노을이 고운 곳

마음은
항시 젖어
글 밭 이루고
무지개 그린 곳

긴 세월
해넘이에
아쉽게 접은
늘 고운 젊은 꿈

떠돌다
돌아오니
가슴에 묻은
옛 얘기 끝없네

바람 하나

지구별
돌고 돌다
내 책상 위에
잠시 머물며
내 마음 실어서
그에게 가는가

오늘도
내 가슴속
헤집어 놓고
흔들다가는
내 맘 조금 담아
그에게 가는가

** 이백(李白) 시 중에 나오는 '長風'이 어떤 바람인지 알기 위해 중국으
  로 유학을 갔었다. 베이징에서 살면서 만난, 한밤중 온갖 소리로 창

밖에서 나를 흔들어 대는 그 바람은 바로 서역에서 거침없이 길게 이어 불어온 '長風'임을 알게 되었다. 이백이 마주했던 '長風'이 끊임없이 돌고 돌아 내게도 왔음을 느꼈다. 시간도 공간도 초월하여 지구를 돌고 도는 바람은 우리의 삶과 죽음도 이어주는 것일까? **

문득 가을바람

멀리서
불어오네
빈 가슴 가득
그리움 가득
바람의 시간에

따뜻한
꽃바람은
꿈결에 지나
쓸쓸함 깊고
찬바람 휘도네

홀로이
마주하는
낯선 계절에
낯익은 고독
가슴에 안기네

토란을 캐며

넓은 잎
여름내
사랑 내려
키운 토란은
독한 맛 아린 맛

모근에
올망졸망
다닥다닥
붙어 올라온
토란을 보며
새끼 많은 어미
독한 사랑 보네

이름도
튼실하고
아름다운
알토란 같은

내 새끼들아
독한 사랑으로
내일 열어 주마

내 새끼
아름다운
올 날을 위해
쓴맛도 달게
독한 맛도 달게
캐어 담는 기도

** 올망졸망 다닥다닥 어미 뿌리에 붙어 딸려 올라오는 토란을 캐며 형
제들과 어머니를 생각하고, 또 나의 손자 손녀들을 생각한다. 지금
은 꼬부랑 할머니가 되신 우리 어머니께서 우리 오 형제들을 잘 키우
셨듯이, 나도 나의 알토란같은 후손들을 위해 넓은 잎으로 태양을 안
고 독한 사랑을 품어 내려야겠다고 다짐해 본다. **

치악산 복숭아 1

여름날
무더위
견디며

곱게 키운
분홍 속살
연한 심상

부끄럼 같은
기다림 같은
첫사랑 같은

스치기만 해도
멍드는 그리움
사무치는 연정

치악산 복숭아 2

달콤한
복숭아

여름 깊고
단물 흘러

무더위 맛만
제대로 봐봐

제철 만나 익는
사랑만 맛봐봐

** 막냇동생은 7월 하순에 태어나서인지 칠팔월 복숭아를 유난히 좋아
한다. 부드럽고 매끄러운 복숭아 속살과 단물의 목 넘김이 잠시 더
위를 잊게 한다. 그리고 여름을 좋아하게 한다. 단물 흘리며 복숭아
를 먹고 있으면, 아련하게 무더위 속에 만난 갓난아기 모습이 떠오른
다. 무더위 속에서도 산후 몸조리하느라 불 땐 구들에서 솜이불 덮고
누워 계시던 젊은 어머니 모습도. **

겨울 농사

흰 눈 속
조용히

밭이랑에
생각 심기

시어(詩語) 뿌리고
발자국 심기

찬 바람 맞으며
겨울 햇살 받아
긴 봄 꿈 사리기

冬天農事

白雪裡
靜思地

在地壟裡

種心思了

播種了詩語

而撒種痕迹

迎接着西北風

晒着冬天陽光

把漫漫的春夢

盤曲在心田裡

^{**} 햇살 밝아 청명한 겨울날, 눈 덮인 밭이랑을 서성이며 생각이 깊어진
다. 모든 생각들이 빨간 열매처럼 선명하고 마음도 맑아진다. ^{**}

생강나무

꽃눈은
잎 진 자리

겨우내 봉긋
노오란 꿈꾸네

노란 잎
약이 되고
산동백 꽃향
맘과 몸 살리네

** 산장 주변에 지천인 생강나무(강원도에서는 산동백이라 부른다. 강원
도 춘천에서 난 유명한 소설가 김유정의 〈동백꽃〉은 바로 생강나무를 가
리킨다)를 처음 만났을 때에는 몰라보고 마구 베어냈다. 치악산 동쪽
에 사는 대학 동창이 생강나무를 화장실에 두면 향도 좋고 구충 효과
도 있다고 알려주었다. 봄이면 가장 먼저 노랗게 꽃피어 메마른 겨울
산에 생기를 불러일으키는 생강나무! 내년 봄에는 꽃차를 만들어 벗
들과 나눔 해야겠다. **

고구마 캐기

내 빨간
심장 같은
하얀 피 솟는
고구마를 캐네

조그만
고구마밭
호미 두 개와
낫과 깔개 의자

큰 호미
흙 헤치고
작은 호미로
고구마 들어내

가끔은
살살 파서
통째로 뽑아

기쁨 주렁주렁

어쩌다
깊은 뿌리
따라가다 콕
내 살인 듯 따끔

사방에
코스모스
둘러 핀 밭엔
가을 내려앉아

시간도
앉아 쉬고
푸른 하늘도
내 맘에 내리네

** 10년째 고구마 농사를 짓는데, 고구마 캐기는 내게 행복한 가을을
안겨준다. 고구마 캐기는 가을의 푸른 하늘과 코스모스 향기 속에 나
를 온전히 내려놓는 즐거운 유희! **

하늘 1

지상에
쏟아부은
사랑과 눈물
더러 달무리로
저리 푸르나니

나는 새
부는 바람
흐르는 구름
사람들 상념도
품고 또 품으니

지상의
삶 속에서
혹 썩어지고
더러 승화한 넋
저리도 빛나니…

** 젊은 시절, 현실에선 늘 눈이 지상에 머물렀고, 치열한 사랑을 쏟아부은 삶 속에서 눈물에 젖은 혼백은 늘 버거웠다. 어쩌다 가끔 하늘을 쳐다보면 눈이 환해지고 가슴이 시원해짐을 느꼈다. 그리고 삶의 기쁨과 안락함도 선물받았다. 그래서 자주 하늘을 쳐다보는 습관이 생겼다. 무념무상의 하늘이거늘…. **

감자밭을 만들며

쇠스랑
긁어내는
지난날의 삶
한때 땀 흘린
꿈의 시체들
바싹 마른 잡초
거름으로 묻네

눈부신
새 꿈 펴며
불순한 바람
부는 산불도
전쟁과 질병
아픈 시간들도
거름이라 묻네

흙의 힘
모두 받아

썩히고 부숴

발효시키고

승화시켜서

토실한 감자를

쏟아내라 빌며

** 벌써 3년째 코로나19로 인한 팬데믹 상황이 계속되고 있다. 항상 벗어버릴 수 없는 검은 너울을 쓰고 있는 듯 어두운 마음인데, 그에다 러시아의 푸틴은 표독스런 표정으로 전쟁을 계속 진행시키고 있다. 설상가상으로 3월 들어 동시다발적으로 곳곳에 큰 산불이 나서 민심을 애타게 하고 있다. 감자밭을 힘겹게 만들며 모든 것을 발효시키는 흙의 힘에 기대어 보는 마음이다. **

불타는 봄날

내 맘에
꽃이 되지
못하는 언어
메마른 봄에
난무하는 소식

코로나…
러시아와
우크라이나…
봄바람을 탄
여기저기 산불…

아프고
기운 없고
어지러운 봄
살아야 하는
내 가슴 속에
봄날이 불타네

하늘 끝

땅끝까지

사무친 울화

삶과 죽음이

엉키어 불타네

** 코로나19로 인한 팬데믹 상황 속에 가뜩이나 우울하고 기운이 없는
데, 세계정세는 이해관계에 얽혀 어지럽게 전개되고 있다. 전쟁 피
해자들의 참혹함이 세계 대부분의 사람들의 동정을 받고 있지만, 러
시아 푸틴 대통령은 여전히 험상궂은 표정으로 전쟁을 계속 지휘하
고 있다. 국내에서는 여기저기 산불이 사람들 마음까지 불태우고 있
다. 그중에 한 곳은 한 사내의 의도적 발화로 시작되었다니 비뚤어진
마음들이 미우면서 무서워진다. 어두운 불협화음의 언어들이 내 맘
속에서 함께 불타고 있다. **

봄눈 내리는 날에

시새움
봄눈은
꽃눈 예쁜
웃음 위에
솜사탕 덮고
잠시 사랑해
순백의 꽃향기
겨울 이별 봄눈

소복이
봄눈은
송이송이
겨울 향기
수없이 피운
꽃눈 웃음에
축복처럼 내린
꽃눈 위의 봄눈

鑑賞春雪

春寒的
春雪花
在花芽的
漂亮的笑
蓋着棉花糖
愛撫了暫時
飛散了純白香
告別冬天的雪

滿滿的
春雪花
朵朵下降
飛散雪香
蓋上了花芽
漂亮的笑容
像賜福下降的
花芽上的春雪

** 2022년 3월 19일 아침나절 내내 소복소복 내린 봄눈은 겨우내 메말랐던 내 가슴을 촉촉이 적셔주었고 아름다웠다. 습기를 잔뜩 머금은 큰 눈송이는 수직으로 빠르게 내리고 또 내렸다. 겨울에는 정작 눈다운 눈이 내리지 않았기에 오랜만에 순백의 눈꽃송이를 바라보며 겨울 향기를 맡았다. 꽃눈 맺힌 나뭇가지마다 큰 눈꽃송이가 흐드러지게 피었고 소나무 가지가 휘어지고 있었다. 그러나 "봄눈 녹듯이"라는 말이 괜스런 말은 아니었다. 오후에 눈이 진눈깨비로 변하면서 금방 녹아버렸다. 참 아름다운 시간을 선물한 치악산 고둔치 계곡에서 맞은 꽃눈 위에 내린 봄눈이었다. **

낙엽 소회

낙엽은
가으내
수런수런
떨어지며
말도 많더니
가을비 맞고
땅에 내려앉아
환생을 꿈꾸네

** 가을비 내리니 치악산이 조용해졌네. 낙엽이 우수수 떨어지는 소리,
바람에 날리는 소리 모두 멈추었네. **

가을비 내리네

바람에
흩날리는
낙엽 재우려
가을비 내리네

추향에
젖은 마음
찬비 맞으며
갈잎 위에 눕네

下秋雨

隨秋風
落葉動搖
秋雨把落葉
壓制平息熱情

我心也
染上秋香
同樣冒着雨
躺下在秋葉上

** 바람에 날리는 낙엽은 땅에 정착하여 스밀 것 같지 않으니, 가을비 차
분히 내려 낙엽을 잠재우며, 땅속에 스며 내년 봄을 꿈꾸라고 다독인
다. 가을 향기에 젖은 내 마음도 찬비를 마다하지 않고 갈잎 위에 눕
는다. 올 날의 아름다움을 꿈꾸며. **

연꽃(蓮花)

I

하늘만
우러르며
진흙 속에서
키운 꿈으로
오늘 네게 왔어

하늘 뜻
큰 사랑을
가슴에 담고
기도하면서
지금 네게 왔어

II

닿으면

가슴에

불기둥이
일어서며

기절할 것을
알기에 그저

못 가에서 마냥
떨며 바라보네

** 기적처럼 아름다운 개화입니다. 진흙 속에서 키운 꿈이 아름답고 갸
륵합니다. 이토록 아름다운 순간! 아름다운 생명! 아름다운 사랑! **

꽃모종을 심으며

장마철 빗속에
즐거이 꽃 심네

화가 친구 혜옥이의
끊임없는 붓 터치로

화폭 채우는 심미안 빌려
가슴도 열고 시간도 풀고

백일홍 모종을 심으며 꿈꾼다
아름다운 백 일 한동안의 사랑

** 장맛비가 오락가락하니 감자 캐는 일을 쉬고 우비를 갖춰 입고 꽃모
종을 심었다. 최근에 감동적인 만남을 가졌던 김혜옥 친구를 생각하
며 꽃을 심었다. 친구는 화폭에 꽃을 피우겠지. 나는 꽃모종을 심어
야지…. **

잡초의 사계

1. 잡초의 봄

바람에
날리다가
앉은 이곳이
내 땅 내 살 자리
싹 틔우고 살자

무수히
많은 씨앗
서로 다투다
작디작은 씨도
꽃을 피우느니

2. 잡초의 여름

열기에

부푼 가슴
태양을 맞아
쑥쑥 자란다네
환호하며 웃네

뽑히면
옆에 있던
또 다른 씨앗
기지개 켜누나
흙에 피는 생명

3. 잡초의 가을

쌀쌀한
가을 되면
씨앗 여물고
잎이 시들면서
줄기는 마르고

꽃단장
아니라도

누렇게 물든
밭둑 논둑길에
소박한 승전가

4. 잡초의 겨울

새들이
쪼아 먹고
바람에 날려
씨앗 흩어지니
더 멀리 퍼지네

찬바람
눈보라 속
끈질긴 도전
언 땅에 살면서
봄을 기다리네

꽃의 몸짓

황홀한
꽃의 자궁
격렬한 몸짓
그 안에 누구나
함몰되는 희열

뜨거운
입김으로
부르는 노래
가슴 여는 합창
각인되는 독창

** 꽃의 사전적 의미는 식물의 생식 기관이라네. 무리 지어 만개한 양귀
비의 합창은 나의 답답한 가슴을 시원하게 열어준다. 또 수풀 속에
선명하게 핀 접시꽃 한 송이는 떨리도록 뜨거운 열정을 내 가슴에 심
어준다. 개화의 정점에서 이루어지는 생명의 탄생! 사랑의 정점에서
이루어지는 생명의 탄생! **

당신의 기일

오늘은
석양빛도
퍽 새롭네요
다 당신의 선물

올해도
장미는
만개했다
이울면서
향긋한 시간
안겨 주네요
새삼 깨닫네요
당신 선물임을

이즘엔
밤꽃도
하아얗게
피었지요

당신 누운 곳
밝혀 주네요
내 맘속 당신도
환하게 웃네요

이날엔
모두 더
아름답게
보이네요
다가오는 것
다 당신 선물
당신 못 더한 것
알아요 그러나
한바탕 서럽게
울어야겠어요

** 오늘은 당신 기일! 10년을 더 살았네요. 새로이 마주치는 모든 순간
이 당신의 선물이라 더욱 아름답고 신비로운데, 그래서 서럽고 안타
깝고 아쉬워요. **

생일 축하해

이렇게
좋은 봄날
내 친구 혜옥
이 세상에 왔네
축하해 축하해

그림에
힘들여서
개인전 열고
곱게 나이 듦도
나의 기쁨 되네

올 날에
아름다운
우정의 꽃은
시와 그림으로
꽃길이 될 테지

** 은퇴 후에 그림을 그리기 시작하더니 국전에 입선하고 화가가 되어 개
인전도 열었던 내 친구 화가 김혜옥은 곱고 우아하게 나이 들고 있다.
아니 늙는 것이 아니라 익어가고 있다. **

미안해

벗님아
엄니께서
좋은 곳에
먼저 가셨네

그래도 눈물 나
함께 울어줄게
마음만 멀리서

달려가지 못해
미안해 미안해

** 어버이날이라고 아들네가 와서 왁자지껄하고 있는데, 친한 벗의 어
머님께서 하늘나라로 가셨다는 부음을 듣다니, 참말로 더 가슴이 아
프네. 당장 달려가지 못하고 우선 멀리서 친구 마음 위로해 보네. **

어머니를 여읜 벗에게

애달픈 어머니
웃으시며 잘 가셨나
봄날 꽃길에 걸음 가벼이
편한 세상으로 눈 감고 가셨나

앞으로 한동안
온갖 곳에 나타나셔
함께한 추억 보여주시며
한평생 그리워 울게 하시리라

알밤 줍기

알밤을 주워요

간밤의 바람이
알밤을 떨궜네

주워 담고 주워 담고…

어린 시절 추억 담고
반짝이는 기쁨 담고

풀숲에 숨은 옛사랑 얘기
봄여름 견딘 비바람 얘기

이제 잊어요 이제 담아요

우린 해냈어요 이처럼 예쁘게
이리 토실하게 기쁨 가득 맺힌

알밤을 주워요, 사랑을 담아요

** 반짝이는 알밤을 발견할 때마다 "아유, 예뻐라."를 연발한다. 5년 전, 열 그루의 왕밤나무를 심었더니 제법 굵은 알밤을 떨어뜨려 준다. 아침에 눈 뜨자마자 밤나무 계곡에서 기쁨을 주워 담는다. 산밤나무는 좀 늦게 알밤을 떨구는데, 그 또한 앙증맞게 예쁘다. 맛도 산밤 맛 특유의 고소함이 있다. 알밤 주우며 기쁨과 사랑과 승리를 함께 주워 담는다. **

유년의 꿈자리

밤마다
휘얼휠
파아랗게
펼쳐지던
내 꿈자리는
양 겨드랑이
아파야 오르는
달빛 푸른 창공
온 세상 내 세상

흔연히
날다가
만난 바람
부딪혀서
지레 겁먹은
날개 무거워
나날이 더 자주
내려 앉은 곳에

기다린 삼십 대

사라진
날개는
서른 즈음
기억 속에
때로 힘주어
날갯짓해도
높이 날지 못해
마음만 날았네
그 꿈자리 속에

✲✲ 유년에 밤마다 달빛 푸른 창공을 날며 내려다보던 산야는 어두컴컴한
미지의 신비로운 세상이었다. 훨훨 나는 기분은 더없이 좋았다. 처음에
떠오르기 위해 세찬 날갯짓을 할 때는 겨드랑이가 몹시 아프고 힘들었
지만…. 그런데 10대가 지나고 20대가 되며 꿈자리 횟수가 줄었고 간
신히 날아오르다가 추락하기도 하였다. 점점 날갯짓이 힘들어지더니
서른 즈음에는 아예 날아오를 수 없었다. 밤마다 옛 추억 속에서 마음
만 날았다. 나만의 특별한 그 꿈자리가 아직 신비롭고 또한 그립다. ✲✲

꽃눈

보았나
저 꽃눈을
늦겨울 눈 속
바알갛게 환한
봄 꿈 꾸는 꽃눈

보이네
꽃눈 웃음
늦겨울 바람
춤추는 가지에
얼룽이는 봄 꿈

들리네
웃음소리
바람 소리에
까르륵까르륵
꽃눈 트는 소리

영하의

어둔 밤엔

움츠려 떨다

아침 햇살 맞아

눈물 자국 닦고

바알갛게 웃네

제2부

우리 함께
꽃길만 걷자

손녀와 함께 꽃길을 꿈꾸며
도란도란
엮어가는 시화첩

우리 려원이는 하고 싶은 것도 많고, 잘하는 것도 많은 초등학교 3학년 학생이다. 활력이 넘치는 려원이의 앞에 서는 웃음을 거둘 수가 없다.

▲ 초등학교 1학년 때 미술대회에서 대상을 받은 작품을 들고 있는 김려원

가을 맛

김려원

가을 길을 걷네
낙엽 밟는 소리가
바스락바스락
과자를 먹는 소리 같네
가을 맛은 구수하네

▲ 김려원 그림

꽃길

우리의
꽃길은

시와 그림
주고받고

꽃과 나무와
음악이 있고

향기론 언어가
자라는 곳이지

우리는
꽃길서

고운 마음
주고받고

열망의 몸짓
간절한 희망

서로 알아주고
서로 안아주지

바다

햇빛이 많이 내려
행복한 바다
찬란한 봄 바다

사람들이 많이 와서
정신없는 바다
신나는 여름 바다

사람은 없고
파도만 와서
지루한 바다
외로운 가을 바다

하얀 눈이 내려도
쌓이지 않는 바다
쓸쓸한 겨울 바다
바람에 춤을 추네

▲ 김려원 그림

발가락들

김려원

심심할 때면
옆에 있는 친구와
도란도란 이야기하네
마치 내가 이야기를 하는 듯이
소곤소곤 도란도란 재미있게

▲ 김려원 그림

할머니의 고구마

김려원

할머니의 고구마
참 맛이 있구나
할머니가 키운 고구마
정말 소중하구나
다이아몬드보다도

할머니의 토란

김려원

참 맛이 있네
우리 할머니의 토란
참 소중하네
우리 할머니의
토란이 최고네
엄지야 엄지

피아노

김려원

피아노를 치면
아름다운 소리에
노래가 절로 나오네
어깨는 두둥실

▲ 김려원 그림

아름다운 노래

김려원

아름다운 노래 소리가 들려오네
파아란 하늘에 울려 퍼지네
새들도 함께 노래하네
내 가슴이 확 트이네
몸도 따라 두둥실

▲ 김려원 그림

솜사탕

김려원

달콤한 솜사탕
엄마 사랑처럼
달콤한 솜사탕
하얀 구름처럼
포근한 솜사탕
솜사탕처럼
달콤한 날들

솜사탕

김려원

달콤한 솜사탕
엄마 사랑처럼
달콤한 솜사탕
하얀 구름처럼
포근한 솜사탕
솜사탕처럼
달콤한 날들

제2부 우리 함께 꽃길만 걷자

177

할머니처럼

려원아
이담에
직장생활
은퇴하면
할머니처럼
이 밭에 와서
고구마 심을래?
좋아요 좋아요!
흥겨운 메아리

** 려원이는 세 살 때부터 내 옆에서 고구마 캐는 것을 거들어 주었다.
추석에 만나면 떡 만들기, 밤 줍기, 고구마 캐기 등 할머니를 도와주
느라 바쁘고 신이 난다. 초등학생이 되어서도 변함이 없다. 이담에
할머니처럼 고구마 심고 캐기를 하고 싶다고 한다. **

소나무처럼

려원아
저기 저
소나무가
겨울에도
초록빛으로
빛나고 있지?
사람으로 치면
어떤 사람 같아?

씩씩한
건강한
용감하고
강한 사람
할머니처럼
부모님처럼
믿음직한 사람
변함없는 사람

려원도
닮아서
어려움도
거침없이
잘 이겨내고
소나무처럼
늘 푸르게 사는
강한 사람 되자

달을 보며

보름달
우러러

떠오르는
환한 웃음

려원의 얼굴
보름달 닮아

내 안에 빛나는
려원의 푸른 꿈

▲ 려도행 그림

웃음소리

찬란한
햇살이
부서지는
소리와 같은
까르륵까르륵
호호호 하하하

옥구슬
부딪는
소리인가
맑고 고와서
음악 선율 같은
너의 웃음소리

빨래를 하며

려원아
네 양말을
보면 알겠어
얼마나 신나게
뛰어놀았는지

바지에
붙어 있는
낙엽을 보며
네 마음에 가득
가을이 왔음을
알 수가 있었지

** 어제 려원이가 하교 후 학원 가는 길에 고운 단풍 낙엽이 쌓여 있는
것을 보고는 바로 신을 벗고 양말 발로 걸어가는 거야. 고운 단풍을
밟으며. 함께 가던 친구는 웃으며 려원이의 신을 들고 따라가고….
이런 려원이가 정말 귀여워…. **

헌 이 줄게 새 이 다오

이 빼서
지붕 위에
던지며 빌면
새 이 주신다네

헌 이는
칠 년이나
붙어 있다가
하늘로 갔는데

새 이는
하늘에서
내린 수명이
백 년쯤이라네

** 려원이는 이를 빼고 나서 헌 이를 흰 종이에 싸서 보물처럼 보관하고
있다. 그러니까 헌 이의 수명도 새 이만큼은 될 것 같다. **

이를 뺄 때

김려원

이가 흔들릴 때엔
빨리 빼고 싶어서
자꾸자꾸 흔들어 대지

이를 뺄 때가 되어
아빠가 실로 매고
잡아당기면 무서워지네
안 빠지고 버티면 아프니까

이가 똑 하고 소리 내며
떨어지면 바로 느끼한 맛이
입안에 고이네

헌 이도 소중하게 보관하고
예쁜 새 이가 잘 나오기를
마음속으로 기도하네

내 동생

김려원

귀여운 내 동생은
나를 따라서
분홍색을 좋아한다네

남동생이라서
파란색 물건을 주면
분홍색으로 달라고 떼를 쓰네

어릴 때 한동안 머리띠도 하고
치마도 입겠다고 고집부려서
집 안에서 치마를 입고 놀았다네

엄마와 아빠

김려원

엄마는 예쁘고 다정하지
엄마의 품은 솜사탕처럼 달콤하고
엄마의 목소리는 천사처럼 아름답지

아빠는 잘생기고 때로는 무서워
아빠의 어깨는 단단해서
올라가서 밟아도 끄떡없네

엄마는 먹을 것 챙겨주고
아빠는 고장 난 것 고쳐주고
동생은 나와 재미있게 놀아주네

진정한 사계절 친구

김려원

겨울의 친구는 눈사람
봄의 친구는 벚꽃
가을의 친구는 단풍
여름의 친구는 해
하지만
사계절 모두 함께하는 친구
내 단짝 친구

▲ 김려원 그림

마음의 소중함

아름다움의 속에는
허망함이 들어있고
초라함 속에는
아름다움이 들어있네

** 할머니께서 《베니스의 상인》을 읽어주셨는데, 금 상자와 은 상자와
납 상자 중에서 하나를 고르는 얘기가 있었다. 납 상자를 골라서 결
혼에 성공한 남자 주인공을 보며 겉모습과 속마음은 다를 수 있다고
생각했다. **

책가방

김려원

책도 넣고
물병도 넣고
줄넘기도 필통도…
온갖 물건들이 꽉 찬
책가방 안에서
서로 밀고 밀리네

책은 구겨지고
때가 묻어 볼품없이 됐네
물병은 쓰러지고
줄넘기는 헝클어지고
젤리는 납작하게 눌렸네

그렇지만 책가방 메고
학교 가는 길은 즐거워
책가방도 딸랑딸랑 노래하네

려원의 책상

려원의
책상 위에
소중한 물건
점점 많아지네

인형 종이접기
작은 어항 두 개
자잘한 선물들
기념품도 많고
머리띠 고무줄
빗과 머리끈도
쌓이고 쌓이네

색연필과 공책
수없이 많은 책
지우개도 많고
테이프와 가위
색종이와 카드

포켓몬 카드도
쌓이고 쌓이네

려원의
마음속도
가득 채워져

더 들어갈 틈이
점점 좁아지면
새로운 세상을
새로운 지식을
보고 배우는 데
힘들지 않을까
걱정이 된다네

텔레비전

산속에
들어앉아
세상 구경은
텔레비전으로
온갖 사람 만나
대화도 나누고

은퇴 후
딸아이는
티비 프로와
시간표를 주고
추천해 주었네

긴장감
멀리하고
두루 살피며
천천히 살라고
즐기며 살라고

세상사
드라마에
담겨 있으니
함께 울고 웃는
공감하는 무대

책 읽는
시간 줄고
세상 배우는
재미에 빠져서
친한 동무 됐네

텔레비전

김려원

패드와 핸드폰과
텔레비전은
신비한 세상을
아주 많이 보여 주네

지니 언니도 만나고
슬라임 쇼를 보여 주는
다람냥도 만나고
정브르는 온갖 동물들을
키우는 모습을 보여 주네

주말이면 아빠와
야구 경기를 함께 보며
엘지팀을 응원하고
가끔은 영화도 보네

텔레비전은 정말 신기하네
재미있어서 자꾸 보고 싶네

엄마와 할머니는 바보상자라고
하루 한 시간만 보라고 하네

▲ 김려원 그림

겨울 방학

김려원

친구들 못 보는
겨울 방학
전화로 수다 떨어도
함께 뛰어놀고 싶은 마음
텔레비전 보는 재미도 잠시
엄마는 여러 가지 프로그램 준비하고
바둑, 체스, 배드민턴, 수영, 줄넘기, 독서토론…
난 시간 맞춰 바쁜 겨울을 보내네
친구들과 교실에서 노는 것이
세상에서 제일 재미있네
친구들아 보고 싶다

▲ 김려원 그림

할머니의 행복

너희의
웃음소리
끊이지 않는
집안을 지키며
행복을 느끼지

힘든 몸
희망의 뜻
모두 바쳐서
손주를 챙기는
한결같은 기도

핸드폰

려원의
핸드폰은
보석 장식이
화려한 찐친
엄마와 이어진
사랑의 지킴이

친구와
영상 통화
길고 길어서
할머니한테
걱정도 듣지만
벗 사랑 지킴이

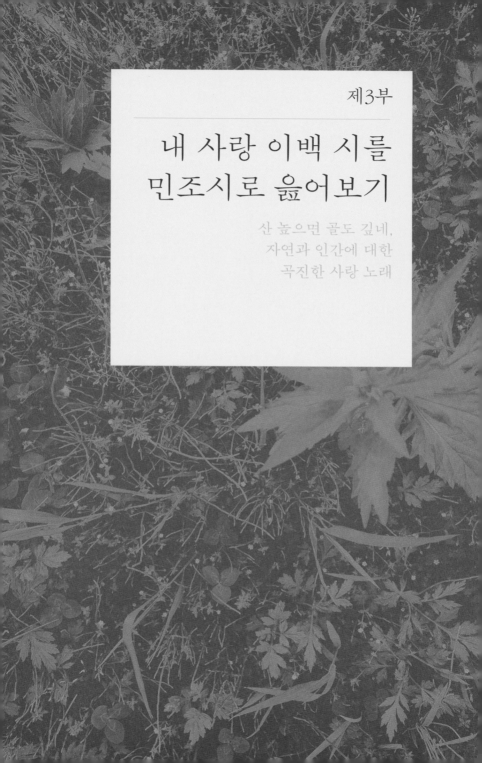

제3부

내 사랑 이백 시를
민조시로 읊어보기

산 높으면 골도 깊네,
자연과 인간에 대한
곡진한 사랑 노래

이백(701~762)은 중국 당나라 때의 대표적 낭만주의 시인이다. 호는 태백(太白)이다. 이백이 어렸을 때 사천성(四川省) 창명현(彰明縣, 현재 쓰촨 장유(江油)) 칭롄향(靑蓮鄕)에 살았기 때문에 '청련거사'라고 스스로 부르기도 하였다. 중국 당나라 때의 두 대표 시인 이백과 두보는 10년 차의 나이로 우정을 나누었는데, 이백은 시선으로 불리고 두보(杜甫)는 시성으로 불린다.

이백의 시를 공부하면서 이백의 시에 나오는 장풍(長風)이 어떤 바람인지 궁금하여 베이징(北京)으로 유학하여 그 실체를 알아내었다. 내 인생에서 참 행복한 일이다.

▲ 김려원 그림

山中問答

問余何事栖碧山
笑而不答心自閑
桃花流水窅然去
別有天地非人間

<u>산속에서 물으니 웃음으로 답하다</u>

나에게 푸른 산에 왜 사느냐고 물을 때면 나는
웃을 뿐 대답 않고 맘 다스리니 스스로 편안해
복사꽃 떨어져서 흐르는 물에 아득히 떠가니
여기는 다른 세상 인간 세상이 아님을 알려나

** 이백의 나이 27세(727년)에 지은 시이다. 이백이 방랑생활을 잠시
쉬며 안루(安陸)에서 유유자적하는 생활을 할 때 지은 시로서 도연
명의 영향을 받은 시로 볼 수 있다. **

靜夜思

床前明月光
疑是地上霜
擧頭望明月
低頭思故鄉

고요한 밤에 그리네

한밤중 침상 앞에 밝은 달빛을
지상에 흰 서리 내린 줄 알았네
지그시 고개 들어 밝은 달 보고
고향 생각 나서 머리를 숙이네

** 이백이 26세에 밝은 달빛 아래서 고향을 그리워하며 쓴 시이다. 밝
은 달빛이 지상에 비친 것을 흰 서리에 비유하여 표현하고 있다. 이
백은 18세에 고향을 떠나 그동안 갈고닦은 지식과 글재주로 출세하
기 위하여 명산대천을 두루 돌아다녔다. 명산대천에는 고관대작들

의 야유회도 있고 문인들의 시회도 열리고 도교 도사들도 기거하고 있었기 때문이다. 정치적으로 자신의 뜻을 펴기 위해 즉 출세하기 위해 여러 차례 간알(干謁, 사사로운 청탁이라는 뜻. 당 현종은 5품 이상의 관리가 직접 조정에 인재를 추천할 수 있는 간알천거제도를 시행하였다. 과거를 보는 것보다 빠른 출셋길이 될 수 있어 많은 인재들이 간알을 택하였다)의 기회를 잡아 빼어난 문장을 바치며 시도하였으나 이루어지지 않았다. 고관대작들을 찾기도 하고 유명 문인들을 만나기도 하고 궁정을 드나드는 도사들을 만나기도 하였다. **

秋浦歌 第15

白髮三千丈
緣愁似個長
不知明鏡裏
何處得秋霜

추포가 제15

백발이 삼천 길
수심으로 길어졌지
모르겠구나 거울 속 사람
어디서 얻었나 가을 서리 가득

** 이백이 54세에 안휘성 남쪽 추포에서 지낼 때 지은 시이다. 궁중에
서 물러나 원대한 꿈을 이루지 못하였는데 늙어가는 거울 속 자신의
모습을 보며 비통한 심경을 읊었다. '白髮三千丈'이라는 기발한 과장
법은 후세에 명구로 전한다. **

山中與幽人對酌

兩人對酌山花開
一杯一杯復一杯
我醉欲眠卿且去
明日有意抱琴來

산속에서 은사와 함께 술을 마시며

두 사람 대작하니 산꽃이 피네
한 잔 다시 한 잔 연거푸 마시니
취하여 잠이 오네 그대는 돌아가
내일 다시 오게 거문고를 안고

** 이백이 33세에 지은 시이다. 그는 30세에 처음으로 무작정 장안으로 들어가 여러 지인들을 만나 간알을 시도하였으나 실패하고 사회의 부패상과 정치적 모순만을 감지하고 돌아왔다. 이때의 감회를 읊은 시로는 유명한 〈行路難〉과 〈蜀道難〉이 있다. 이 시는 장안에서 돌

아와 은일 안거하는 지음(知音)과 술을 마시며 유명한 은일시인 도연명과 같은 감회에 젖어 읊은 것으로 보인다. **

望廬山瀑布 第2

日照香爐生紫煙
遙看瀑布挂前川
飛流直下三千尺
疑是銀河落九天

여산 폭포를 바라보며 제2

해 비친 향로봉에 보랏빛 안개 곱게 피어올라
아득히 바라보니 긴 냇물 같은 폭포수 걸렸네
날아서 떨어지는 물줄기 길이 삼천 척이 되니
은하수 하늘에서 쏟아져 내려 걸린 것 같구나

** 이백은 25세(725년)에 사천성을 떠나 남쪽으로 여행하며 수려한 산
수 속에 낭만적인 시간을 보내며 아름다운 경치를 만날 때마다 시로
읊어서 후대에 남겼다. 이 시도 그중의 한 편이다. 이 시기에 낭만적
인 분위기에서 도사들을 만나 도교적 선풍에 눈뜨게 되고 '無爲而治'

라는 정치적 신념도 품게 된다. 이때 구름 위로 솟아오르는 기개를 표현한 〈大鵬賦〉를 보면 이백이 이 시절에 얼마나 원대한 꿈에 부풀어 있었는지 알 수 있다. **

▲ 김려원 그림

獨坐敬亭山

衆鳥高飛盡
孤雲獨去閑
相看兩不厭
只有敬亭山

홀로 경정산에 앉아

새들도 높이 날아 보이지 않고
외로운 구름도 한가히 떠가네
둘이서 마주 보며 싫지 않은 건
오로지 말 없는 경정산뿐이네

** 이백이 53세에 오랜 방랑생활로 지친 상태에서 세상을 등지고 홀로
산속에서 소요하는 모습을 읽을 수 있는 시이다. 궁중에서 쫓겨난 지
10년이 되었으나 재기의 희망은 없어지고 산을 벗 삼아 외로움과 고
독함을 견디고 있는 모습이 표현되어 있다. **

望天門山

天門中斷楚江開
碧水東流至此回
兩岸靑山相對出
孤帆一片日邊來

천문산을 바라보며

천문산 우뚝 서서 초강 두 줄기 나눠 흐르나니
푸른 물 동쪽으로 여기 이르러 돌아 흘러가네
두 언덕 푸른 산이 맞서 솟으니 문처럼 보이고
외로운 돛단배는 햇빛 받으며 유유히 떠오네

** 이백이 25세(725년)에 지은 시이다. 장강이 안휘성(安徽省) 당도현
(當塗縣)에 이르러 북쪽으로 꺾어져 흐르는데, 북쪽 강동에서 양안
에 우뚝 서 있는 천문산 가운데로 흐르는 장강 남쪽 상류를 바라보니

해를 후광으로 떠오는 배가 환상적으로 보였을 것이다. **

贈汪倫

李白乘舟將欲行
忽聞岸上踏歌聲
桃花潭水深千尺
不及汪倫送我情

왕륜에게 주는 시

이제 곧 배를 타고 떠나려 할 때
홀연히 들리는 이별 노래 소리
도화담 호수 깊이 천척이라도
왕륜의 정만큼 깊지는 못하리

** 이백이 55세(755년)에 궁중에서 물러나 유랑할 때에 지은 시이다. 왕
륜은 봉림(鳳林)이라는 이름도 있으며 당나라 때 경현(涇縣) 현령을 지
냈다. 벼슬에서 물러난 후에는 도화담 가에서 풍류를 즐기며 살았다.
이백의 시를 좋아하여 이백을 초청하여 잘 대접하였다고 한다. **

黄鶴樓送孟浩然之廣陵

故人西辭黃鶴樓
煙花三月下揚州
孤帆遠影碧空盡
惟見長江天際流

황학루에서 광릉으로 가는 맹호연을 보내며

황학루 서쪽에서 오랜 친구를 보내는 아쉬움
꽃구름 피는 삼월 양주로 가니 풍경은 좋다만
외로운 돛단배는 푸른 하늘로 멀리 사라지고
하늘 가 맞닿아서 흐르는 장강 물결만 보이네

** 이백이 38세에 지은 시로서 황학루에서 맹호연을 만났는데, 맹호
연이 광릉으로 떠나려던 참이었고, 이 시를 지어 이별의 아쉬움을
달랬다고 한다. 이백은 일찍이 20대 후반에 12세 연상인 맹호연
(689~740)과 친분을 맺었으니 오랜 친구라 할만하다. **

玉階怨

玉階生白露
夜久侵羅襪
却下水晶簾
玲瓏望秋月

옥계단에서 애타게 기다리다

밤 깊어 옥계단엔 맑은 이슬
그리운 마음 비단 버선 적셔
수정 발 드리우다 다시 보니
영롱히 비친 사무친 가을 달

** 이백의 나이 43세, 궁중에서 지낼 때 지은 시이다. 궁중의 수많은 궁
녀들과 비빈들의 오로지 임금을 그리는 애타는 연정을 읊었다. **

友人會宿

滌蕩千古愁
留連百壺飲
良宵宜淸談
皓月未能寢
醉來臥空山
天地卽衾枕

벗들과 함께 하룻밤을 보내며

오래된 모든 시름 씻어버리고,
오래 머물면서 백 병 술 마시며
청담을 주고받는 아름다운 밤,
밝은 달을 두고 잠들 수 없으니
빈 산에 취하여서 누워 자보자,
하늘 이불 삼아 땅을 베개 삼아

** 이백이 37세에 지은 시이다. 이때는 30세의 이백이 장안에 가서 간 알에 실패하고 돌아와 다시 안루(安陸)에서 한가로운 생활을 할 때 이다. 친구들과 밤새워 술을 마시며 정담을 나누는 자유로운 생활을 엿볼 수 있다. 그러나 원대한 정치적 포부는 가슴 속에 여전히 가득 하였으며 그 후 도사들과 교유를 하며 자신의 뜻을 펴기 위해 노력하 였다. **

清平調詞 第1

雲想衣裳花想容
春風拂檻露華濃
若非群玉山頭見
會向瑤臺月下逢

청평조사 제1

의상은 구름 같고 얼굴은 꽃을 생각나게 하네
봄바람 꽃수레에 불어 흔드니 이슬이 빛나네
서왕모 군옥산에 가야 만날까 아름다운 자태
달밤에 요대까지 가서 만날까 선녀 같은 모습

** 당나라 현종이 양귀비와 함께 꽃구경을 하다가 이백을 불러 시를 읊
게 했을 때 이백은 〈淸平調詞〉 세 수를 일필휘지로 지었다. 침향정
(沈香亭)의 분위기를 환상적으로 묘사하고, 양귀비의 아름다움을 선
녀에 비유하였다. **

淸平調詞 第2

一支濃艶露凝香
雲雨巫山枉斷腸
借問漢宮誰得似
可憐飛燕倚新粧

청평조사 제2

농염한 꽃가지에 맺힌 이슬이 향기 뿜어내고
무산에 내린 운우 사무친 정이 여기 피어나네
묻건대 궁중 누가 아름다움을 비길 수 있을까
어여쁜 비연이나 새 단장 하면 비슷하다 할까

** 이 시 때문에 이백은 3년 동안의 궁중 생활을 그만두게 되었다. 이백
이 환관 고력사에게 신발을 벗기게 한 일로 고력사의 미움과 시샘을
받고 있었다. 고력사는 이 시 중의 '飛燕'을 문제 삼아 양귀비로 하여
금 이백을 내쫓게 하였다. 한(漢)나라의 비운의 왕비 趙飛燕은 천한

출신에서 황후가 되었다가 쫓겨나 평민이 되어 자살하였던 것이다. 양귀비를 그런 비운의 왕비에 비유한 것이 옳지 않다고 양귀비에게 속삭였다. 양귀비도 그렇게 여기고 현종에게 이백의 여러 실책을 아뢰니 현종도 이백에게 많은 은을 하사하며 한림대조라는 벼슬을 그만두게 하였다고 한다. 사실 술과 자유와 친구를 좋아하는 이백은 임금 앞에 술 취한 모습으로 나타나기도 하였고 자신의 뜻에 맞지 않는 공문서를 써야 할 때는 늦어지기도 하였다. 당시 변방의 잦은 전쟁과 무관 우대를 반대하던 이백이 때로는 전공을 찬양하거나 승전을 고무하는 글도 써야 했으니 갈등도 있었으리라. 감동적인 시 한 편으로 사람들의 마음을 다스리는 도교적 '無爲而治'를 추구하였던 이백이었으니…. **

淸平調詞 第3

名花傾國兩相歡
長得君王帶笑看
解釋春風無限恨
沈香亭北依闌干

청평조사 제3

모란과 양귀비는 서로 바라며 함께 기뻐하니
군왕은 오랫동안 미소 머금고 바라보고 있네
춘풍의 속삭임은 한없는 사랑 풀어헤치노니
침향정 난간에다 사랑에 겨운 곤한 몸 기대네

** 이백이 양귀비를 경국미인이라 하였음은 나중에 현실이 되었다. 당
현종은 열여덟 번째 왕자의 부인인 양옥환(양귀비의 본명)의 아름다
움에 반하여 18 왕자를 서역에 국방의 임무로 파견하고 양귀비는 6
년간이나 도사가 되어 궁중에 머무르게 하였다. 서역 전장에서 열

여덟 번째 왕자가 전사하자 양옥환을 왕비(귀비)로 들였으니 도교에 심취한 현종이 정사를 게을리하고 도교를 더욱 장려한 일도 양귀비를 향한 연정 때문이었을 것이다. 이백이 조정에서 나온 후 10년 동안 당의 모든 법제가 서서히 무너지고 귀족과 관료들은 사유재산을 늘리는 데에 힘쓰게 되는데 이 과정에서 양귀비의 친척인 양국충은 당의 재정을 장악하게 되고 변방의 실세인 안녹산과 대치하게 되었다. 마침내 안사지란(安史之亂)이 일어나 양귀비는 도망하다 죽임을 당하였다. 이때 이백도 독자적으로 군사를 일으킨 영왕 왕자 이린(李璘)의 휘하에 들어갔다가, 황태자가 숙종으로 즉위하면서 귀양을 가게 된다. 안사지란 중에 숙종이 즉위하였고 당 연호도 천보 15년 7월부터 지덕(至德) 원년으로 바뀌었다. 지덕 원년 말(이백의 나이 56세)에 이백의 거처 가까이에서(江陵) 진을 치고 있던 영왕 이린의 부름에 응하였으니 미관말직도 받은 적 없었으나, 이백은 명백한 반역의 죄를 짓게 된 것이었다. 지덕 2년 2월에 영왕은 단양에서 대패하고 쫓기게 되는데, 이백은 이때에 '南奔書懷'를 읊었다. 또 '空城雀'에서 참새처럼 모이에 연연하며 본분을 지키지 않고 욕심을 부렸던 것을 후회하는 마음을 읊었다. 지덕 2년 9월에 영왕은 죽음을 맞았고 이백은 잡혀 심양(尋陽)의 옥에 갇히게 된다. 감옥에서 여러 관리들에게 상소하지만 이루어지지 않았고, 다음 해(乾元元年, 이백 58세)에 야랑(夜郞)으로 유배를 가게 된다. **

行路難 第1

金樽清酒斗十千

玉盤珍羞直萬錢

停杯投筯不能食

拔劍四顧心茫然

欲渡黃河冰寒川

將登太行雪滿山

閑來垂釣碧溪上

忽復乘舟夢日邊

行路難, 行路難

多岐路, 今安在

長風破浪會有時

直挂雲帆濟滄海

행로난 제1

황금잔 맑은 술은 흘러넘치고

옥반 진수성찬 만전의 값이네

잔 멎어 마실 수가 없는 마음에
젓가락 던지니 먹을 수 없었고

칼 뽑고 둘러보며 망연히 섰네
얼어붙은 황하 건널 수가 없고
태행산 오르려니 눈 가득하네

벽계에 한가히 낚시 드리우다
홀연히 배에 올라 꿈을 꾸노니
임금님 곁에서 뜻을 펼치누나

길 가기 어려워라 정말 어려워
갈 길이 많으니 어느 길로 가나

장풍에 파도 거세 암담하지만
언젠가 반드시 언젠가 반드시

구름 속 돛대 걸고 푸른 대해를
거침없이 달려 뜻을 이루리라

** 이백은 18세에 조유(趙蕤)를 만나 간알(干謁, 현종이 시행한 간알천거제도)에 대해 알게 되고 20세에 적극적인 간알 여정을 시작하였다. 당나라 현종은 5품 이상의 관리가 직접 조정에 인재를 추천할 수 있는 간알천거제도를 시행하였다. 이로써 과거제도와는 별도로 관리가 되는 빠른 길이 되었으므로 많은 인재들이 고관대작들이나 도교도사를 찾아 간알을 부탁하게 되었다. 왕창령(王昌齡)은 간알을 잘못하여 벌을 받기도 하였다. 이백은 42세가 되어 도교 도사 원단구(元丹邱)의 천거로 드디어 한림대조(翰林待詔)가 되었다. 한림대조는 임금의 뜻을 전하는 글을 쓰는 문관이었다. 임금 바로 곁에서 뜻을 펼 수 있으리라는 기대는 이루어지지 않았다. 시기와 질투의 대상이 되어 자유롭지 못했을 뿐 아니라 기득 세력들의 힘이 임금까지 흔들었으니 이백은 궁중 생활이 답답할 뿐이었다. 이백은 술을 자주 마시며 울분을 달래고 근무지를 이탈하는 등 실수를 하였다. 술에 취하여 임금이 총애하는 환관 고력사에게 신을 벗기게 한 행동으로 고력사의 미움을 받은 것이 화근이 되어 3년 만에 조정에서 쫓겨나게 된다.

위의 시는 20대에 천하주유(天下周遊)하며 간알을 시도하던 끝에 30세에 처음 장안(長安)으로 들어가 부마 장게(長偈)를 통한 간알로 옥진공주의 옥진관에 머물며 기다렸으나 성사되지 못하고 장안의 험한 분위기만 깨닫고 집으로 돌아가며 지은 시이다. 이때 이백은 투계(鬪鷄)가 성행하는 등 향락이 만연하는 장안의 분위기와 관리들의 긴장된 암투의 분위기를 감지하고 돌아가며 행로난을 읊었다. 그래도 언젠가는 임금 곁에 가서 세상을 바로 잡고 공명정대하고 정의로운 세상을 이루겠다는 다짐이 시의 말미에 나타나 있다. **

잡초연가

초판 1쇄 발행 2024. 8. 7.

지은이 림계린, 김려원
펴낸이 김병호
펴낸곳 주식회사 바른북스

편집진행 황금주
디자인 배연수

등록 2019년 4월 3일 제2019-000040호
주소 서울시 성동구 연무장5길 9-16, 301호 (성수동2가, 블루스톤타워)
대표전화 070-7857-9719 | **경영지원** 02-3409-9719 | **팩스** 070-7610-9820

•바른북스는 여러분의 다양한 아이디어와 원고 투고를 설레는 마음으로 기다리고 있습니다.

이메일 barunbooks21@naver.com | **원고투고** barunbooks21@naver.com
홈페이지 www.barunbooks.com | **공식 블로그** blog.naver.com/barunbooks7
공식 포스트 post.naver.com/barunbooks7 | **페이스북** facebook.com/barunbooks7

ⓒ 림계린, 김려원, 2024
ISBN 979-11-7263-083-6 03810